瑞蘭國際

日語發音全攻略

- 編著 - 國立政治大學日本語文學系
日語教材編輯小組
- 召集人 - 鄭家瑜
- 監修 - 王淑琴
- 作者 - 許育惠、劉碧惠

出版序

　　日本，是台灣人非常喜歡前往的觀光地；日本動漫文化，更是台灣年輕族群、中生代族群的生活樂趣與價值觀培養的重要媒介。基於經貿、文化、觀光、歷史連結等各樣理由，台灣的日語學習者為數眾多。單就政治大學而言，每年約有三百位學生選讀日文輔系。除此之外，本校外文中心也有開設日語班，經常處於爆滿狀態。有鑑於日語學習者之眾，政大外語學院阮若缺前院長提議日文系可以編撰一套適用於日文輔系的日語教材，除了可以提供日文輔系授課之用，亦可供學生自學、或適用於外文中心、國內大專院校、技職學校、大學先修班、AP 課程等相關機構所開設之日語課程。

　　有鑑於此，本系邀請現任的日文輔系教師、外文中心日語教師、日文系教師共同編撰本套書。感謝政治大學日文輔系教師今泉江利子、許育惠、邱麗娟、馮秋玉、劉碧惠等五位老師、外文中心王麗香老師、日文系金想容老師共同編撰，將第一線教學現場中的各樣問題一併考慮，竭力編撰符合學生需求、活潑又具有政大特色的教材。除此之外，王淑琴、葉秉杰、喬曉筠等三位本系語學專攻的教師，也盡心盡力協助本套書之內容監修。

　　以上十位老師歷經多次編輯會議、撰寫與討論、來回監修確認、修稿等多道程序，使得本套書得以完成。若非這十位教師對教學的熱忱、對教材編撰之意義的認同，實在難以在忙碌的工作之餘抽出心力進行本套書的編輯。身為本套書編輯的召集人，對於這十位老師的付出，感謝之意難以言表，盡藏於胸。

　　此外，在出版業不景氣的大環境中，感謝瑞蘭國際出版王愿琦社長、葉仲芸副總編輯願意投注大量的資金、時間與精力，用雙手大力推進本套書的出版作業，並用熱情與溫暖給予作者群、監修群的老師們在編輯過程中一切所需的協助，以致本套書能順利付梓，在此特致感謝之意。

感謝政大外語學院、日本語文學系的同仁對本套書編撰的支持，日文系李雩助教盡心竭力地輔助各編輯會議、各課稿件的收稿等等行政事務。本套書分《初級日語：情境學習》與《日語發音全攻略》等兩冊書，兩冊書互補互助，一起幫助學習者奠定良好的日語基礎。衷心祈願本套書可以成為老師與學生們在教學、自學時的極佳工具，讓日語學習更上一層樓。

國立政治大學日本語文學系

日語教材編輯小組 召集人

鄭家瑜

2023.08.08

　この本は、日本語を初めて学ぶ方のために書きました。皆さんは、日常生活の中でたくさんの日本語に触れる機会があると思います。いろいろな媒体から日本語を吸収している皆さんが、自分で文字を読み、書き、話すための最初の手掛かりになることを考えて単語を選び、説明を書きました。

　発音に関しては、できるだけ日本の母語話者の発音に近づくように説明を入れました。例えば、「五十音の中のPTK行（ぱ行・た行・か行）の文字がある単語」に関しては、「ぱ」「ぴ」「ぷ」「ぺ」「ぽ」を単独で読んだ時と、「ぱぴぷぺぽ」の五文字を連続で読んだ時の音の違いの説明があります。「同じ文字でも、息を出す音と出さない音がある」ことがわかります。

　日本語学習の最初の一歩から、綺麗な文字を書きながら、文字と音調を合わせて自然な日本語が話せることを目指して、皆さんと一緒に学んでいきたいと思います。

國立政治大學日本語文學系講師

許　育惠（きょ　いくえ）

2023 年 8 月 8 日

　　日文的假名和發音是學習日語的入門。日文的文字有漢字和假名，而假名有平假名和片假名。至於日語的發音則有清音、濁音、半濁音、拗音、促音、長音。

　　日文的假名是表音的文字，就如同中文的注音符號，只要熟悉假名，就能很快進入日語的世界。

　　漢字對台灣的學生而言是最熟悉的文字，但是假名是陌生的文字，需要一些時間練習才能把它們熟記，並且精準地學會發音。因此編輯本書的目的在於，希望同學們藉由此書多加練習、熟悉假名。

　　尤其平假名的「あ」「お」、「る」「ろ」、「い」「り」、「は」「ほ」，以及片假名的「ク」「タ」、「シ」「ツ」、「ン」「ソ」、「ム」「マ」等，同學們常常混淆不清，這都是因為沒有確確實實地熟記假名的緣故。因此，此書對於初學者而言是非常重要的，在此祝福大家有個快樂的學習。

國立政治大學日本語文學系講師

劉　碧惠

2023 年 8 月 8 日

1.看懂假名（仮名） 就懂如何寫字

　　日文的每個文字都有固定筆劃。看懂日本的文字之後，下一步就必須懂得如何寫字。日文的「平假名（平仮名）」與「片假名（片仮名）」不是照著看到的字形依樣畫葫蘆就好，除了筆順以外，每一筆劃的長度、角度、位置都必須看仔細，特別是其中有些筆劃，其實只是較短的一筆，並非隨便寫寫。例如，「が」的濁音的點不是「か」加「 〝 」，而是在「か」的右上方加上「 〝 」。現在大家多半習慣打字。不過，文字能展現出一個人的特質，希望大家珍惜寫字的機會。自己寫筆記的時候，也請留意別讓文字變成只有自己看得懂的符號。

2.會唸單字 圖片幫助理解

　　本書透過圖片來幫助讀者學習假名文字與單字。讀者不用只靠自己的想像力學習，圖片能夠有效幫助大家理解字義。

3.聽懂音調 理解意思不同

　　本書除了假名文字之外，還有發音、音調的説明。希望大家能夠説出「像日本人一樣的發音」，而非「機器唸出來的死板發音」，或是「光靠文字拼湊出來的發音」。

4.講出句子 帶來溝通的成就感

　　學會「打招呼」，就能開始溝通。不要猶豫，請放心開口「打招呼」和進行「簡單會話」。只要自己主動開口，就有機會得到回應；若是閉口不語，就必定一無所獲。千萬別放棄，跨文化交流就從你的一句話開始。

5.學會日語 盡情享受旅行、留學、工作

　　回想一下你決定開始學習日語的目的是什麼？別忘記學習的初衷。用心學習，必能學以致用、開拓人生。加油！

目次 CONTENTS

如何掃描 QR Code 下載音檔

1. 以手機內建的相機或是掃描 QR Code 的 App 掃描封面的 QR Code。
2. 點選「雲端硬碟」的連結之後，進入音檔清單畫面，接著點選畫面右上角的「三個點」。
3. 點選「新增至「已加星號」專區」一欄，星星即會變成黃色或黑色，代表加入成功。
4. 開啟電腦，打開您的「雲端硬碟」網頁，點選左側欄位的「已加星號」。
5. 選擇該音檔資料夾，點滑鼠右鍵，選擇「下載」，即可將音檔存入電腦。

五十音表

一、清音 _{せいおん} ▶ MP3-01

あ ア a	か カ ka	さ サ sa	た タ ta	な ナ na	は ハ ha	ま マ ma	や ヤ ya	ら ラ ra	わ ワ wa	ん ン n
い イ i	き キ ki	し シ shi	ち チ chi	に ニ ni	ひ ヒ hi	み ミ mi		り リ ri		
う ウ u	く ク ku	す ス su	つ ツ tsu	ぬ ヌ nu	ふ フ fu	む ム mu	ゆ ユ yu	る ル ru		
え エ e	け ケ ke	せ セ se	て テ te	ね ネ ne	へ ヘ he	め メ me		れ レ re		
お オ o	こ コ ko	そ ソ so	と ト to	の ノ no	ほ ホ ho	も モ mo	よ ヨ yo	ろ ロ ro	を ヲ o	

二、濁音 ・ 半濁音 ▶ MP3-02

が ガ ga	ざ ザ za	だ ダ da	ば バ ba	ぱ パ pa
ぎ ギ gi	じ ジ ji	ぢ ヂ ji	び ビ bi	ぴ ピ pi
ぐ グ gu	ず ズ zu	づ ヅ zu	ぶ ブ bu	ぷ プ pu
げ ゲ ge	ぜ ゼ ze	で デ de	べ ベ be	ぺ ペ pe
ご ゴ go	ぞ ゾ zo	ど ド do	ぼ ボ bo	ぽ ポ po

三、拗音 ▶ MP3-03

ようおん

きゃ キャ kya	しゃ シャ sha	ちゃ チャ cha	にゃ ニャ nya	ひゃ ヒャ hya	みゃ ミャ mya	りゃ リャ rya
きゅ キュ kyu	しゅ シュ shu	ちゅ チュ chu	にゅ ニュ nyu	ひゅ ヒュ hyu	みゅ ミュ myu	りゅ リュ ryu
きょ キョ kyo	しょ ショ sho	ちょ チョ cho	にょ ニョ nyo	ひょ ヒョ hyo	みょ ミョ myo	りょ リョ ryo

ぎゃ ギャ gya	じゃ ジャ ja	ぢゃ ヂャ ja	びゃ ビャ bya	ぴゃ ピャ pya
ぎゅ ギュ gyu	じゅ ジュ ju	ぢゅ ヂュ ju	びゅ ビュ byu	ぴゅ ピュ pyu
ぎょ ギョ gyo	じょ ジョ jo	ぢょ ヂョ jo	びょ ビョ byo	ぴょ ピョ pyo

日語重音規則說明 ▶ MP3-04

　　日語重音「アクセント」（accent）指的是假名發音之高低音，與英文發音的「強弱型」音調不同，日語的重音是「高低型」的音調。

　　日語重音型態可分為「平板型」、「頭高型」、「中高型」、「尾高型」這四種，通常採用「數字」或是以「劃線」的方式來標記。本書採用「數字」的標記方式。

　　（一）平板型：第一個假名發低音，第二個假名之後發高音，後續的助詞
　　　　　　　　　也發高音。

　　　　例 0 わたし（は）　　0 ともだち（は）

　　（二）頭高型：第一個假名發高音，第二個假名之後發低音，後續的助詞
　　　　　　　　　也發低音。

　　　　例 1 えき（は）　　1 かぞく（は）

　　（三）中高型：三個假名以上的詞語才有此型，第一個假名和尾部的假名
　　　　　　　　　發低音，中間的假名發高音，後續的助詞也發低音。

　　　　例 2 あなた（は）　　2 ひこうき（は）　　3 ふゆやすみ（は）

　　（四）尾高型：第一個假名發低音，第二假名之後發高音，與平板型不同
　　　　　　　　　之處在於後續的助詞發低音。

　　　　例 2 ゆき（は）　　3 あした（は）　　4 いもうと（は）

※ 注意：一個假名為一個音節，促音、拗音、長音都算一個音節。

一、平假名

あ行	あ	い	う	え	お
か行	か	き	く	け	こ
さ行	さ	し	す	せ	そ
た行	た	ち	つ	て	と
な行	な	に	ぬ	ね	の

は行	は	ひ	ふ	へ	ほ
ま行	ま	み	む	め	も
や行	や		ゆ		よ
ら行	ら	り	る	れ	ろ
わ行	わ				を
ん行	ん				

平假名

■ （一）清音

◉ 寫寫看 ▶ MP3-05

あ	あ	あ						
い	い	い						
う	う	う						
え	え	え						
お	お	お						

◉ 說說看

あ	い	う	え	お
1 あお 青 藍色	0 いか 烏賊 烏賊、墨魚	1 うみ 海 海	1 えき 駅 車站	2 おかし お菓子 點心、糕點、 糖果

◎ 寫寫看 ▶ MP3-06

か	か	か						
き	き	き						
く	く	く						
け	け	け						
こ	こ	こ						

平假名

◎ 說說看

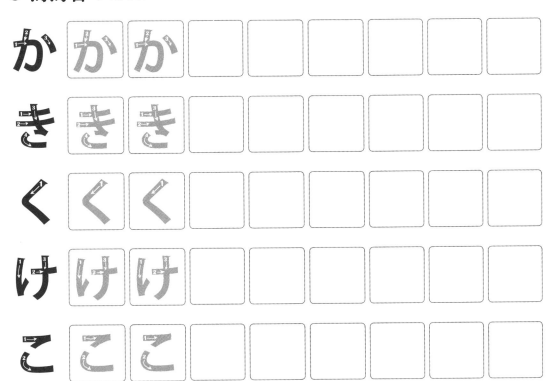

か	き	く	け	こ
⓪ かお 顔 臉	⓪ きく 菊 菊花	② くつ 靴 鞋子	② いけ 池 池塘	① こい 恋 戀愛

◉ 寫寫看 ▶ MP3-07

さ	さ	さ						
し	し	し						
す	す	す						
せ	せ	せ						
そ	そ	そ						

◉ 說說看

さ	し	す	せ	そ
⓪ さけ 酒 酒	⓪ しか 鹿 鹿	② すし 寿司 壽司	② せき 咳 咳嗽	⓪ そこ 那裡

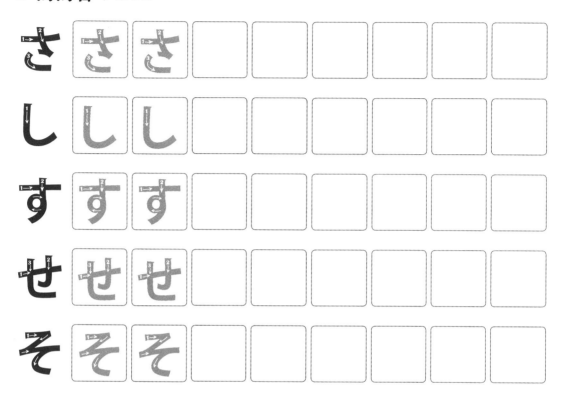

018

◉ 寫寫看 ▶ MP3-08

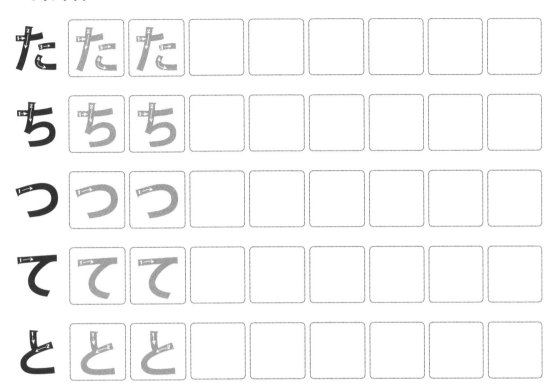

◉ 說說看

た	ち	つ	て	と
1 たこ 章魚 章魚	1 ちち 父 父親	0 つくえ 机 桌子	1 て 手 手	0 としうえ 年上 年長

◉ 寫寫看 ▶ MP3-09

な	な	な							
に	に	に							
ぬ	ぬ	ぬ							
ね	ね	ね							
の	の	の							

◉ 說說看

な	に	ぬ	ね	の
[0] なまえ 名前 名字	[2] にく 肉 肉	[2] いぬ 犬 狗	[1] ねこ 猫 貓	[2] のり 海苔 海苔

◉ 寫寫看 ▶ MP3-10

は	は	は						
ひ	ひ	ひ						
ふ	ふ	ふ						
へ	へ	へ						
ほ	ほ	ほ						

平假名

◉ 說說看

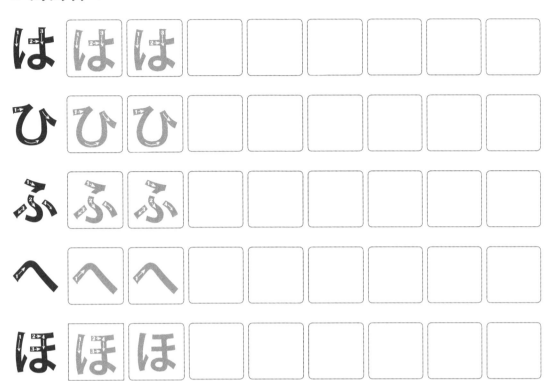

は	ひ	ふ	へ	ほ
② はな 花 花	⓪ ひと 人 人	② ふゆ 冬 冬天	② へや 部屋 房間	① ほお 頰 臉頰

◎ 寫寫看 ▶ MP3-11

◎ 說說看

ま	**み**	**む**	**め**	**も**
① まえ 前 前面	② みみ 耳 耳朵	⓪ むし 虫 蟲	① め 眼 眼睛	⓪ もも 桃 桃子

◉ 寫寫看 ▶ MP3-12

◉ 說說看

や	ゆ	よ
② やま 山 山	② ゆき 雪 雪	③ よなか 夜中 半夜

◉ 寫寫看 ▶ MP3-13

ら	ら	ら						
り	り	り						
る	る	る						
れ	れ	れ						
ろ	ろ	ろ						

◉ 說說看

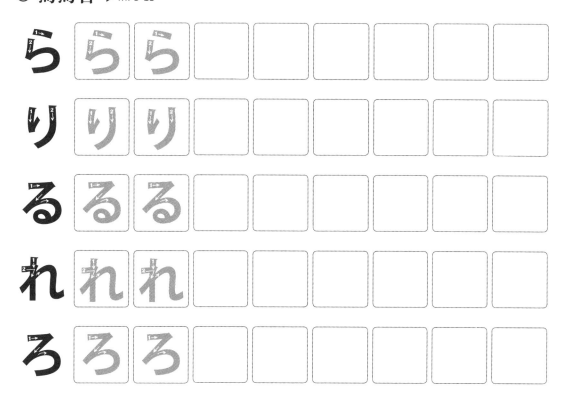

ら	り	る	れ	ろ
1 からす 烏 烏鴉	1 りす 栗鼠 松鼠	0 くるま 車 汽車	1 れい 礼 禮貌、敬禮	0 ろうか 廊下 走廊

◉ 寫寫看 ▶ MP3-14

わ わ わ ☐ ☐ ☐ ☐ ☐ ☐

を を を ☐ ☐ ☐ ☐ ☐ ☐

ん ん ん ☐ ☐ ☐ ☐ ☐ ☐

◉ 說說看

わ	を	ん
0 わたし 私 我	てをあらう 手を洗う 洗手	2 にほん 日本 日本

■（二）濁音、半濁音

◎ 寫寫看 ▶ MP3-15

か	か	か						
き	き	き						
ぐ	ぐ	ぐ						
げ	げ	げ						
ご	ご	ご						

◎ 說說看

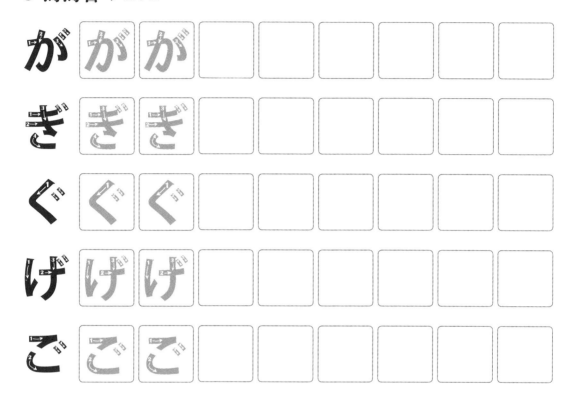

が	ぎ	ぐ	げ	ご
② けが 怪我 受傷	② かぎ 鍵 鑰匙	① かぐ 家具 家具	⓪ げた 下駄 木屐	① ごはん ご飯 飯、白飯

◉ 寫寫看 ▶ MP3-16

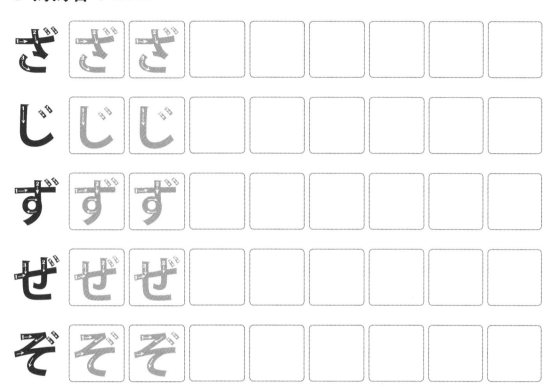

◉ 說說看

ざ	じ	ず	ぜ	ぞ
0 せいざ 星座 星座	0 かんじ 漢字 漢字	0 みず 水 水	0 かぜ 風 風	1 ぞう 象 大象

平假名

◉ 寫寫看 ▶ MP3-17

だ	た	た						
ぢ	ち	ち						
づ	づ	づ						
て	て	て						
と	と	と						

◉ 說說看

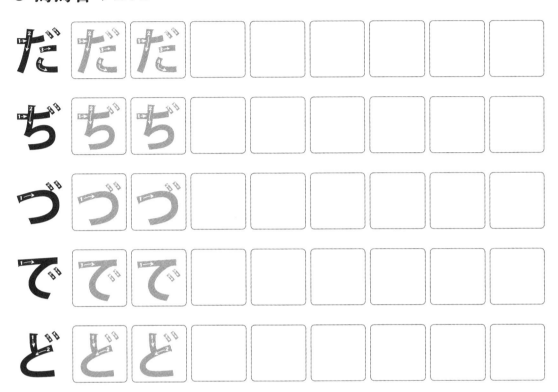

だ	ぢ	づ	で	ど
[0] かいだん	[0] はなぢ	[2] こづつみ	[0] でんわ	[1] まど
階段	鼻血	小包	電話	窓
樓梯	鼻血	包裹	電話	窗戶

◉ 寫寫看 ▶ MP3-18

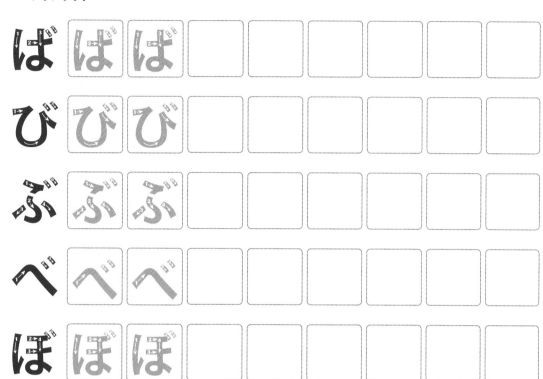

◉ 說說看

ば	び	ぶ	べ	ぼ
② いちばん 一番 一號、第一	① へび 蛇 蛇	⓪ ぶた 豚 豬	③ べんとう 弁当 便當	⓪ とんぼ 蜻蛉 蜻蜓

◉ 寫寫看 ▶ MP3-19

ぱ	ぱ	ぱ						
ぴ	ぴ	ぴ						
ぷ	ぷ	ぷ						
ぺ	ぺ	ぺ						
ぽ	ぽ	ぽ						

◉ 說說看

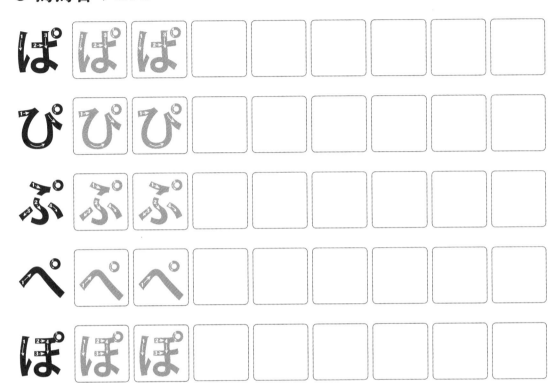

ぱ	ぴ	ぷ	ぺ	ぽ
1 ぱあ	2 ぴたり	0 おんぷ 音符	0 ぺらぺら	0 さんぽ 散歩
張開手掌、布 （遊戲「剪刀、 石頭、布」）	完美地、 準確地	音符	説得流利地、 紙布類薄薄地、 嘩啦嘩啦地	散歩

■（三）拗音

◉ 寫寫看 ▶ MP3-20

きゃ	きゃ	きゃ					
きゅ	きゅ	きゅ					
きょ	きょ	きょ					
しゃ	しゃ	しゃ					
しゅ	しゅ	しゅ					
しょ	しょ	しょ					

平假名

◉ 說說看

きゃ	きゅ	きょ	しゃ	しゅ	しょ
0 きゃく	0 ちきゅう	1 きょねん	0 かいしゃ	1 かしゅ	0 しょくじ
客	地球	去年	会社	歌手	食事
客人	地球	去年	公司	歌手	用餐

● 寫寫看 ▶ MP3-21

ちゃ	ちゃ	ちゃ				
ちゅ	ちゅ	ちゅ				
ちょ	ちょ	ちょ				
にゃ	にゃ	にゃ				
にゅ	にゅ	にゅ				
にょ	にょ	にょ				

● 說說看

ちゃ	ちゅ	ちょ	にゃ	にゅ	にょ
⓪ おちゃ お茶 茶	⓪ ちゅうもん 注文 訂貨、 點菜	⓪ ちょきん 貯金 存款	③ こんにゃく 蒟蒻 蒟蒻	⓪ にゅうがく 入学 入學	① にょうぼう 女房 老婆

◎ 寫寫看 ▶ MP3-22

ひゃ	ひゃ	ひゃ					
ひゅ	ひゅ	ひゅ					
ひょ	ひょ	ひょ					
みゃ	みゃ	みゃ					
みゅ	みゅ	みゅ					
みょ	みょ	みょ					

◎ 說說看

ひゃ	ひゅ	ひょ	みゃ	みゅ	みょ
② ひゃく 百	① ひゅう ひゅう	⓪ ひょうし 拍子・ 表紙	⓪ さんみゃく 山脈	① みゅう じっく ミュージック	① みょうじ 苗字
一百	風聲 （擬聲語）	拍子、 封面	山脈	音樂	姓

◉ 寫寫看 ▶ MP3-23

りゃ	りゃ	りゃ				
りゅ	りゅ	りゅ				
りょ	りょ	りょ				
ぎゃ	ぎゃ	ぎゃ				
ぎゅ	ぎゅ	ぎゅ				
ぎょ	ぎょ	ぎょ				

◉ 說說看

りゃ	りゅ	りょ	ぎゃ	ぎゅ	ぎょ
⓪ しょう りゃく	⓪ りゅう こう	⓪ りょこう	⓪ ぎゃく	⓪ ぎゅうにく	① きんぎょ
省略	流行	旅行	逆	牛肉	金魚
省略	流行	旅行	相反	牛肉	金魚
a、b、c... ...(省略)... x、y、z					

◎ 寫寫看 ▶ MP3-24

じゃ	じゃ	じゃ					
じゅ	じゅ	じゅ					
じょ	じょ	じょ					
ぢゃ	ぢゃ	ぢゃ					
ぢゅ	ぢゅ	ぢゅ					
ぢょ	ぢょ	ぢょ					

平假名

◎ 說說看

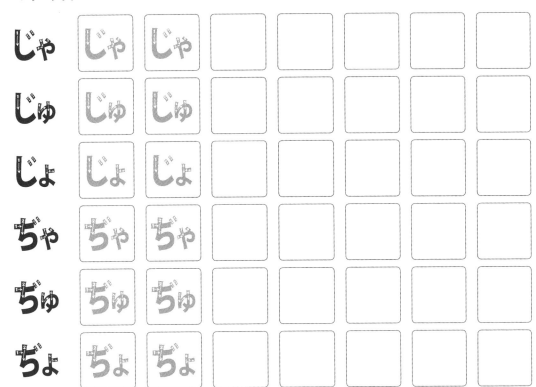

じゃ	じゅ	じょ	ぢゃ	ぢゅ	ぢょ
[0] じゃぐち 蛇口 水龍頭	[1] じゅぎょう 授業 上課	[1] かのじょ 彼女 她、女朋友			

◉ 寫寫看 ▶ MP3-25

びゃ	びゃ	びゃ				
びゅ	びゅ	びゅ				
びょ	びょ	びょ				
ぴゃ	ぴゃ	ぴゃ				
ぴゅ	ぴゅ	ぴゅ				
ぴょ	ぴょ	ぴょ				

◉ 說說看

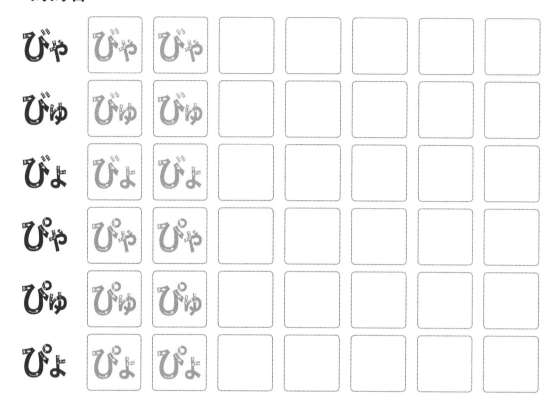

びゃ	びゅ	びょ	ぴゃ	ぴゅ	ぴょ
① さんびゃく	⓪ ごびゅう	⓪ びょういん	④ はっぴゃく	① ぴゅあ	⓪ はっぴょう
三百	誤謬	病院	八百	ピュア	発表
三百	誤謬	醫院	八百	純粹的	發表

■ 平假名發音　重點補充

1. 清音與促音 ▶ MP3-26

	例 1	例 2
假　　名	0 さき ≠ 1 さっき	0 また ≠ 1 まった
日文漢字	先　≠　無漢字	又　≠　待った
中文翻譯	先　≠　剛才	又　≠　等了

	例 3	例 4
假　　名	1 かた ≠ 0 かった	ほかいどう ≠ 3 ほっかいどう
日文漢字	肩　≠　買った	無此字　≠　北海道
中文翻譯	肩膀 ≠ 買了	無此字　≠　北海道

2. 清音與濁音 ▶ MP3-27

	例 1		例 2			
假　　　名	0 かかと	3 かがみ	1 しじ	1 ちじ	1 じち	2 しちじ
日 文 漢 字	踵	鏡	指示	知事	自治	七時
中 文 翻 譯	腳後跟	鏡子	指示	縣長	自治	七點

	例 3		例 4			
假　　　名	2 つつむ	0 つづく	0 また	1 まだ	1 ただ	2 まただ
日 文 漢 字	包む	続く	又	未・未だ	只	又だ
中 文 翻 譯	包起來	繼續	又	還沒	只	又是

3.「重音的位置」及「清音與濁音」 ▶ MP3-28

例1:

假　　　名	③ つつみ	② こづつみ
日 文 漢 字	包み	小包
中 文 翻 譯	包裝	包裹

例2:

假　　　名	⓪ たいこ	② わだいこ
日 文 漢 字	太鼓	和太鼓
中 文 翻 譯	鼓	日本鼓

例3:

假　　　名	⓪ また	① まだ
日 文 漢 字	又	未・未だ
中 文 翻 譯	又	還沒

4. 撥音（鼻音） ▶ MP3-29

	例1	例2
假　　　名	③ あんない	⓪ さんぽ
日 文 漢 字	案内	散歩
中 文 翻 譯	帶路	散步

	例3	例4
假　　　名	⓪ さんばん	⓪ はんがく
日 文 漢 字	三番	半額
中 文 翻 譯	三號	半價

5. 拗音 ▶ MP3-30

	例 1	例 2
假　　　　名	1 きょねん	1 しゅみ
日 文 漢 字	去年	趣味
中 文 翻 譯	去年	興趣

	例 3	例 4
假　　　　名	0 ちゃいろ	3 じゃんけん
日 文 漢 字	茶色	無漢字
中 文 翻 譯	咖啡色	猜拳

6. な行、ら行、だ行之區別 ▶ MP3-31

	例 1	例 2
假　　　　名	1 だから≠らから	1 でも≠れも
日 文 漢 字	無漢字	無漢字
中 文 翻 譯	所以　≠無此字	不過≠無此字

	例 3	例 4
假　　　　名	1 どうして≠ 1 ろうして	0 のらねこ≠ろられこ
日 文 漢 字	無漢字　≠　労して	野良猫　≠無此字
中 文 翻 譯	為什麼　≠　費力	流浪貓　≠無此字

7. PTK 行之送氣與否（ぱ行 ・ た行 ・ か行） ▶ MP3-32

ぱ行：ぱぴぷぺぽ

た行：たちつてと

か行：かきくけこ

第二拍之後的 PTK 行不送氣。（○為送氣　□為不送氣）

例1：「ぱ」「ぴ」「ぷ」「ぺ」「ぽ」

例2：「ぱぴぷぺぽ」

例3：パン

例4：アンパン

例5：たこ

例6：たこやき

例7：おおきい

例8：ねこ

例9：ページ

例10：すくない

■ 平假名發音　重音的移動

1. 假名相同且重音相同，但意思不同的詞彙 ▶ MP3-33

例1：

假　　　名	0 とうこう	0 とうこう
日 文 漢 字	投稿	登校
中 文 翻 譯	投稿	去上課

例2：

假　　　名	3 ひょうし	3 ひょうし
日 文 漢 字	表紙	拍子
中 文 翻 譯	封面	節拍

2. 假名相同但重音不同，意思也有所不同的詞彙 ▶ MP3-34

例1：

假　　　名	1 かた	2 かた
日 文 漢 字	肩	型
中 文 翻 譯	肩膀	型

例2：

假　　　名	0 かった	1 かった
日 文 漢 字	買った	勝った
中 文 翻 譯	買了	贏了

平假名

3. 重音有兩種以上的詞彙 ▶ MP3-35

例：

假　　　名	0 かれし	1 かれし
日 文 漢 字	彼氏	
中 文 翻 譯	男朋友、他（指男性）	

4.「複合形容詞」重音位置會移動 ▶ MP3-36

例 1：名詞＋形容詞 ⇒ 2 こころ＋ 0 やさしい＝ 6 こころやさしい

　　　日文漢字 → 心優しい

　　　中文翻譯 → 心地善良的

例 2：動詞＋形容詞 ⇒ 3 たべます＋ 2 やすい＝ 4 たべやすい

　　　日文漢字 → 食べやすい

　　　中文翻譯 → 容易吃的

例 3：形容詞＋形容詞 ⇒ 0 あまい＋ 3 すっぱい＝ 5 あまずっぱい

　　　日文漢字 → 甘酸っぱい

　　　中文翻譯 → 酸酸甜甜的

5.「複合動詞」重音位置會移動 ▶ MP3-37

例 1：名詞＋動詞 ⇒ 2 たび＋ 1 たつ＝ 3 たびだつ

　　　日文漢字 → 旅立つ

　　　中文翻譯 → 出發

例 2：動詞＋動詞 ⇒ 3 たべます＋ 0 はじめる＝ 5 たべはじめる

　　　日文漢字 → 食べ始める

　　　中文翻譯 → 開始吃

例 3：形容詞＋動詞 ⇒ 3 かわいい＋ 2 すぎる＝ 5 かわいすぎる

　　　日文漢字 → 可愛すぎる

　　　中文翻譯 → 太可愛

6. 「複合名詞」重音位置會移動 ▶ MP3-38

例 1：⓪ でんしゃ＋⓪ つうがく＝④ でんしゃつうがく

日文漢字 → 電車通学

中文翻譯 → 搭乘電車上下課

例 2：① バス＋⓪ のりば＝③ バスのりば

日文漢字 → バス乗り場

中文翻譯 → 搭乘公車的地方

7. 雖是「複合詞」但重音不變（例外） ▶ MP3-39

例 1：① こうし＋⓪ こんどう＝① こうし ⓪ こんどう

日文漢字 → 公私混同

中文翻譯 → 公私混淆

例 2：① だんじょ＋⓪ びょうどう＝① だんじょ ⓪ びょうどう

日文漢字 → 男女平等

中文翻譯 → 性別平等

平假名

MEMO

二、片假名

（一）清音
（二）濁音、半濁音
（三）拗音

ア行	ア	イ	ウ	エ	オ
カ行	カ	キ	ク	ケ	コ
サ行	サ	シ	ス	セ	ソ
タ行	タ	チ	ツ	テ	ト
ナ行	ナ	ニ	ヌ	ネ	ノ

ハ行	ハ	ヒ	フ	ヘ	ホ
マ行	マ	ミ	ム	メ	モ
ヤ行	ヤ		ユ		ヨ
ラ行	ラ	リ	ル	レ	ロ
ワ行	ワ				ヲ
ン行	ン				

■（一）清音

◉ **寫寫看** ▶ MP3-40

ア	ア	ア						
イ	イ	イ						
ウ	ウ	ウ						
エ	エ	エ						
オ	オ	オ						

◉ **說說看**

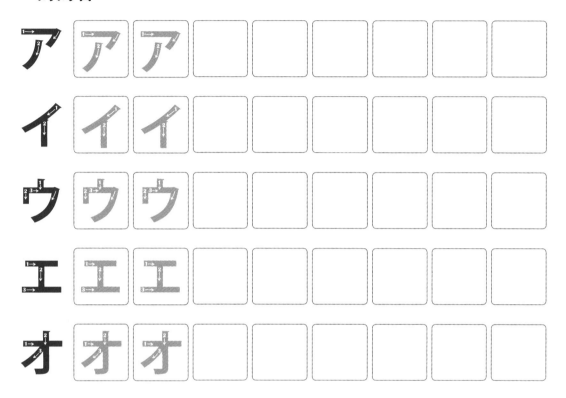

ア	イ	ウ	エ	オ
⓪ アメリカ 美國	⓪ イギリス 英國	② ウイスキー 威士忌	① エプロン 圍裙	② オレンジ 柳丁

◉ 寫寫看 ▶ MP3-41

カ カ カ

キ キ キ

ク ク ク

ケ ケ ケ

コ コ コ

◉ 說說看

カ	キ	ク	ケ	コ
1 カメラ 照相機	1 キッチン 廚房	3 クリスマス 聖誕節	1 ケーキ 蛋糕	1 コロナ 新冠肺炎
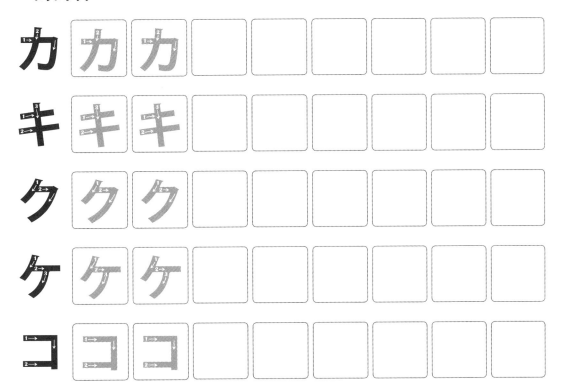				

◉ 寫寫看 ▶ MP3-42

サ	サ	サ						
シ	シ	シ						
ス	ス	ス						
セ	セ	セ						
ソ	ソ	ソ						

◉ 說說看

サ	シ	ス	セ	ソ
1 サッカー 足球	1 シーソー 蹺蹺板	1 スーツ 套裝	1 セーター 毛衣	1 ソース 醬汁

◎ 寫寫看 ▶ MP3-43

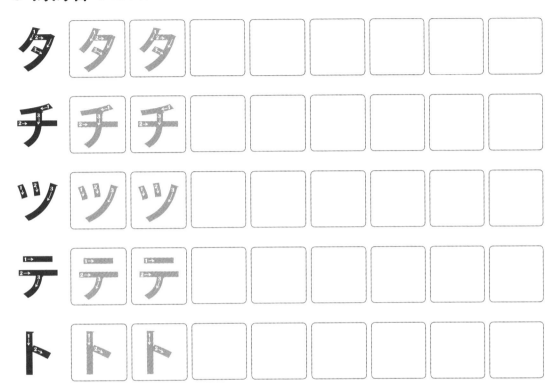

タ タ タ
チ チ チ
ツ ツ ツ
テ テ テ
ト ト ト

◎ 說說看

タ	チ	ツ	テ	ト
1 タオル 毛巾	1 チーズ 起司	1 シャツ 襯衫	1 テレビ 電視	1 トマト 蕃茄

◎ 寫寫看 ▶ MP3-44

ナ	ナ	ナ	ナ					
二	二	二	二					
ヌ	ヌ	ヌ	ヌ					
ネ	ネ	ネ	ネ					
ノ	ノ	ノ	ノ					

◎ 說說看

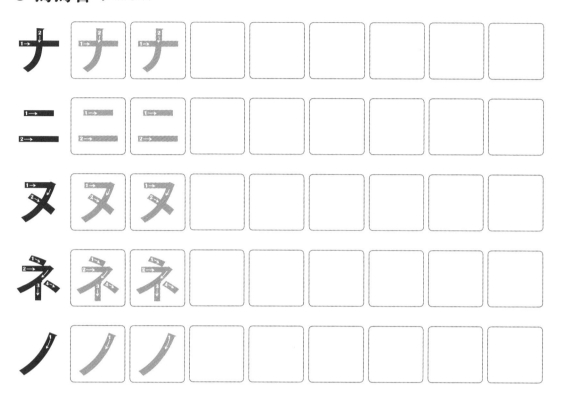

ナ	二	ヌ	ネ	ノ
1 ナイフ 刀子	1 テニス 網球	1 ヌードル 麵條、泡麵	1 ネクタイ 領帶	1 ノート 筆記本

◎ 寫寫看 ▶ MP3-45

ハ ハ ハ

ヒ ヒ ヒ

フ フ フ

ヘ ヘ ヘ

ホ ホ ホ

◎ 說說看

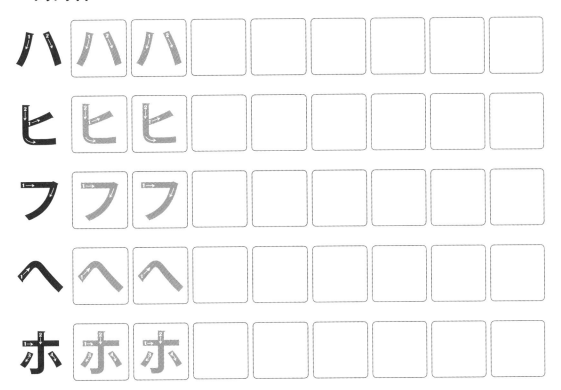

ハ	ヒ	フ	ヘ	ホ
⓪ ハート 心	③ コーヒー 咖啡	⓪ フランス 法國	① ヘルメット 安全帽	① ホテル 飯店

片假名

● 寫寫看 ▶ MP3-46

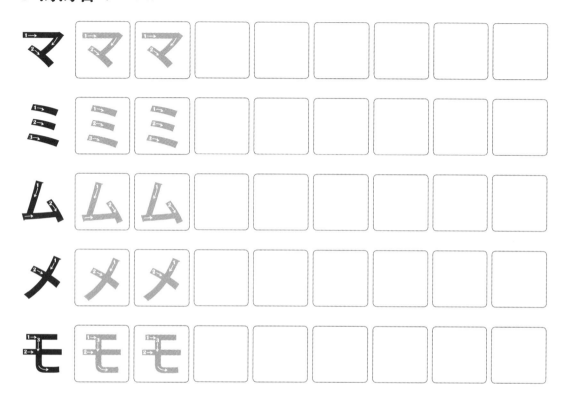

● 說說看

マ	ミ	ム	メ	モ
1 マスク 口罩	1 ミルク 牛奶	1 ハム 火腿	1 メロン 哈密瓜	0 モデル 模特兒

◎ 寫寫看 ▶ MP3-47

◎ 說說看

ヤ	ユ	ヨ
2 イヤホン 耳機	1 ユーモア 幽默	1 ヨット 帆船

● 寫寫看 ▶ MP3-48

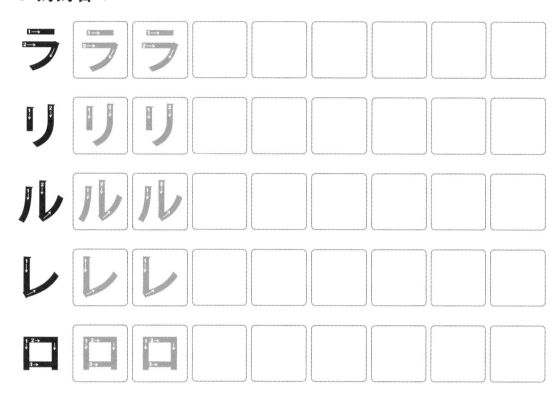

ラ	ラ	ラ					
リ	リ	リ					
ル	ル	ル					
レ	レ	レ					
ロ	ロ	ロ					

● 說說看

ラ	リ	ル	レ	ロ
1 ラジオ 收音機	1 リボン 緞帶	1 ルビー 紅寶石	1 レモン 檸檬	1 ロシア 俄羅斯

◉ 寫寫看 ▶ MP3-49

◉ 說說看

ワ	ヲ	ン
1 ワイン 葡萄酒		0 パソコン 電腦

◉ 寫寫看　▶ MP3-50

カ　カ　カ

ギ　ギ　ギ

グ　グ　グ

ケ　ケ　ケ

ゴ　ゴ　ゴ

◉ 說說看

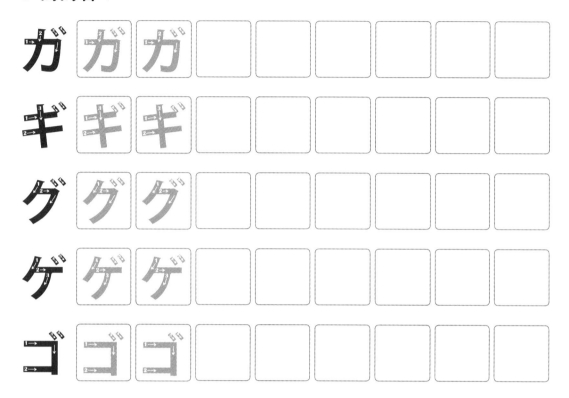

ガ	ギ	グ	ゲ	ゴ
1 ガス 瓦斯	1 ギフト 禮物	1 グラス 玻璃	1 ゲーム 遊戲	1 ゴルフ 高爾夫

● 寫寫看 ▶ MP3-51

サ	サ	サ						
ジ	シ	シ						
ズ	ス	ス						
セ	セ	セ						
ソ	ソ	ソ						

● 說說看

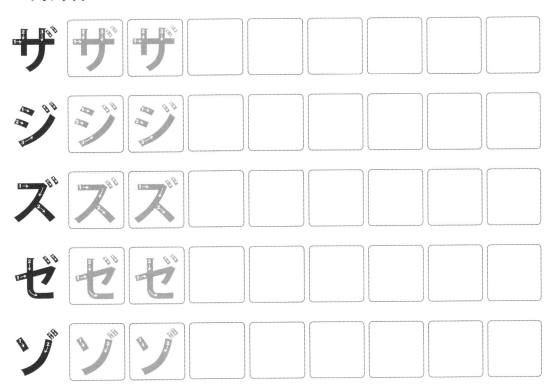

ザ	ジ	ズ	ゼ	ゾ
② デザイン 設計	⓪ ジーパン 牛仔褲	② ズボン 褲子	① ゼロ 零	② リゾート 休閒

◉ 寫寫看 ▶ MP3-52

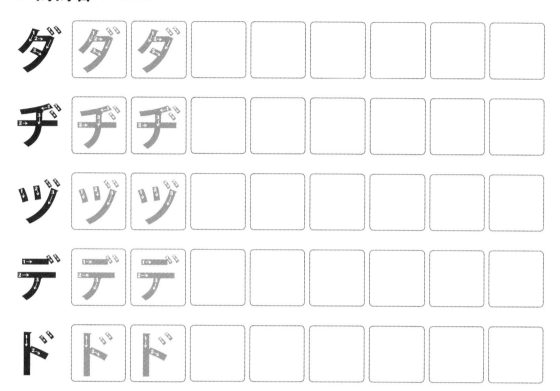

◉ 說說看

ダ	ヂ	ヅ	デ	ド
[1] ダンス 跳舞	[0] チヂミ 韓國煎餅		[2] デパート 百貨公司	[1] ドア 門

◉ 寫寫看 ▶ MP3-53

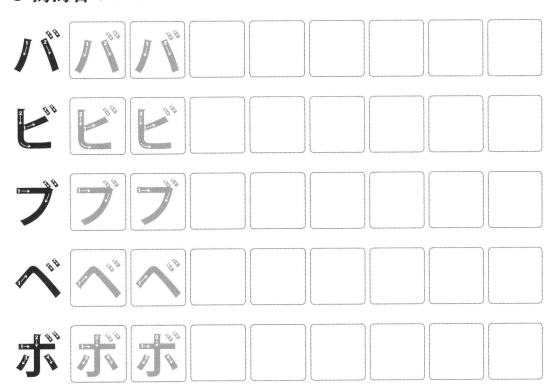

バ バ バ

ビ ビ ビ

ブ ブ ブ

ベ ベ ベ

ボ ボ ボ

◉ 說說看

バ	ビ	ブ	ベ	ボ
① バス	① ビル	⓪ ブランド	① ベッド	⓪ ボタン
公車	大樓	名牌	床	按鈕、鈕扣

◉ 寫寫看 ▶ MP3-54

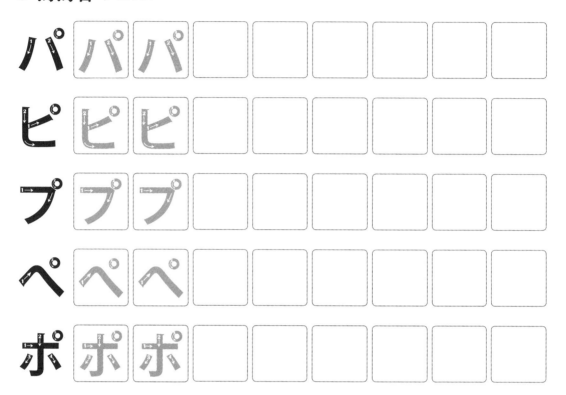

◉ 說說看

パ	ピ	プ	ペ	ポ
① パンダ 熊貓	⓪ ピアノ 鋼琴	② プレゼント 禮物	① ペン 筆	① ポスト 郵筒

◉ 寫寫看　▶ MP3-55

キャ	キャ	キャ					
キュ	キュ	キュ					
キョ	キョ	キョ					
シャ	シャ	シャ					
シュ	シュ	シュ					
ショ	ショ	ショ					

◉ 說說看

キャ	キュ	キョ	シャ	シュ	ショ
1 キャベツ	1 キュウリ		1 シャンプー	1 キャッシュ	1 ショッピング
高麗菜	小黃瓜		洗髮精	現金	購物

片假名

◉ 寫寫看 ▶ MP3-56

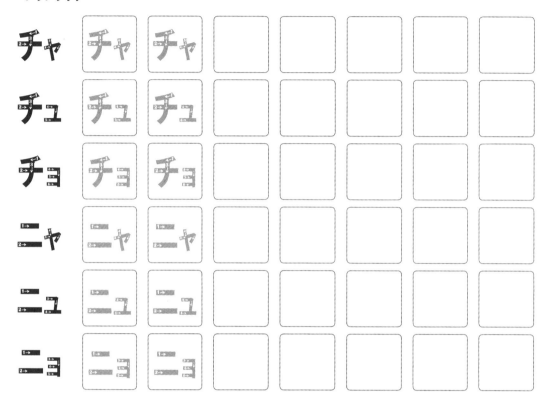

◉ 說說看

チャ	チュ	チョ	ニャ	ニュ	ニョ
0 チャンネル	1 チューリップ	3 チョコレート	1 コニャック	1 ニュース	3 エルニーニョ
頻道	鬱金香	巧克力	干邑白蘭地	新聞	聖嬰現象

◉ 寫寫看 ▶ MP3-57

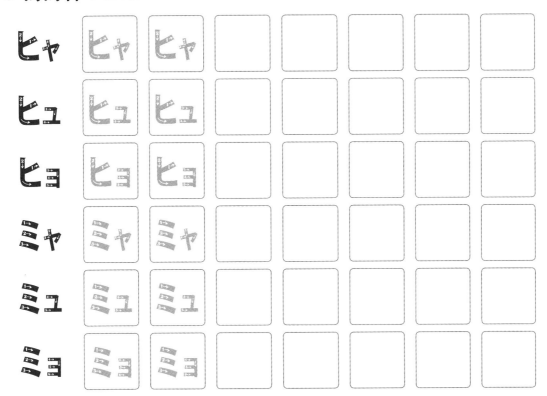

◉ 說說看

ヒャ	ヒュ	ヒョ	ミャ	ミュ	ミョ
	1 ヒューズ		1 ミャンマー	1 ミュージック	
	保險絲		緬甸	音樂	

● 寫寫看 ▶ MP3-58

リャ	リャ	リャ					
リュ	リュ	リュ					
リョ	リョ	リョ					
ギャ	ギャ	ギャ					
ギュ	ギュ	ギュ					
ギョ	ギョ	ギョ					

● 說說看

リャ	リュ	リョ	ギャ	ギュ	ギョ
	①リュック 背包		⓪ギャラ 演出費	①レギュラー 正規的、 正式的、 固定班底	⓪ギョーザ 煎餃

◉ 寫寫看 ▶ MP3-59

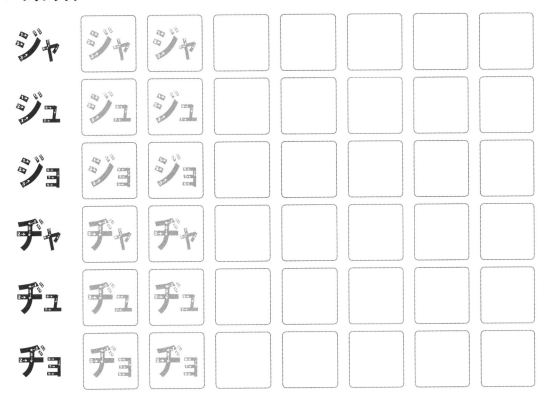

◉ 說說看

ジャ	ジュ	ジョ	ヂャ	ヂュ	ヂョ
1 ジャンプ 跳躍	1 ジュース 果汁	1 ジョーク 詼諧、玩笑			

● 寫寫看 ▶ MP3-60

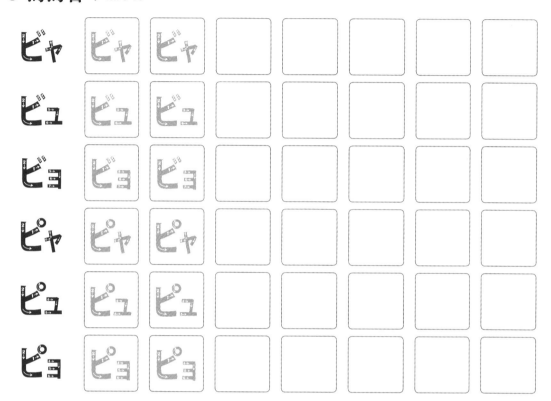

● 說說看

ビャ	ビュ	ビョ	ピャ	ピュ	ピョ
	[1] ビュー 景色			[3] コンピューター 電腦	[1] ピョンヤン 平壌
	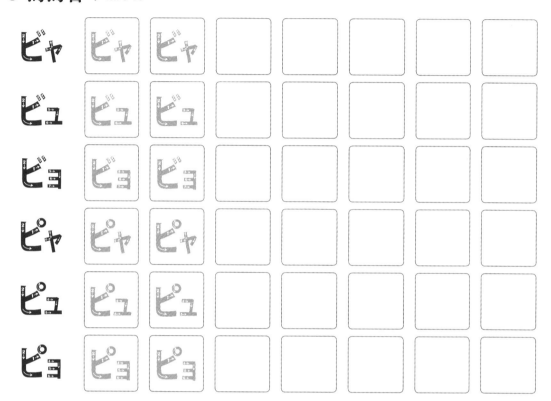				

三、發音規則

（一）長音規則
（二）促音規則
（三）打招呼語和日常會話

■（一）長音規則

1. 平假名 ▶ MP3-61

　　若單字當中有兩個母音同時出現時，例如「かあ」，千萬別唸成 [ka][a]。因為第二個母音是第一個母音的長音，這時只要將第一個母音拉長一拍即可。其規則如下：

● あ [a] 段音＋あ [a]

　　例如：2 おかあさん [okaasan]（媽媽）

　　　　　2 おばあさん [obaasan]（祖母）

● い [i] 段音＋い [i]

　　例如：2 おにいさん [oniisan]（哥哥）

　　　　　2 おじいさん [ojiisan]（祖父）

● う [u] 段音＋う [u]

　　例如：1 くうき [kuuki]（空氣）

　　　　　1 ふうふ [fuufu]（夫婦）

● え [e] 段音＋え [e] 或い [i]

　　例如：2 おねえさん [oneesan]（姐姐）

　　　　　0 えいご [eigo]（英語）

● お [o] 段音＋お [o] 或う [u]

　　例如：0 おおさか [oosaka]（大阪）

　　　　　2 おとうさん [otousan]（爸爸）

● 拗音＋う [u]

　　例如：1 りょうり [ryouri]（料理）

　　　　　0 りゅうこう [ryuukou]（流行）

2. 片假名 ▶ MP3-62

片假名的長音要用「ー」來表示。

例如：1 ケーキ [keeki]（cake；蛋糕）

　　　 1 ゲーム [geemu]（game；遊戲）

外來語長音練習

1 カーテン [kaaten]（curtain；窗簾）

1 カード [kaado]（card；卡片）

0 カレー [karee]（curry；咖哩）

1 クーラー [kuuraa]（cooler；冷氣）

3 コーヒー [koohii]（coffee；咖啡）

1 コーラ [koora]（cola；可樂）

1 スープ [suupu]（soup；湯）

1 スーパー [suupaa]（supermarket；超市）

2 スカート [sukaato]（skirt；裙子）

1 ソース [soosu]（sauce；醬料）

1 タクシー [takushii]（taxi；計程車）

1 ノート [nooto]（note；筆記本）

0 ページ [peeji]（page；頁）

1 マーク [maaku]（mark；符號）

2 マレーシア [mareeshia]（Malaysia；馬來西亞）

1 ラーメン [raamen]（拉麵）

■（二）促音規則

- 所謂的促音，是將「つ／ツ」寫成小字的「っ／ッ」，並且寫在前一個假名的右下方。
- 發促音時，雖不發音但要停頓一拍，因為促音算一個音節。
- 促音通常只出現在「か／カ [ka] 行」、「さ／サ [sa] 行」、「た／タ [ta] 行」、「ぱ／パ [pa] 行」這四行假名之前。

  例如：⓪ 日記 [nikki]（日記），共三個音節。

  例如：⓪ コップ [koppu]（cup；杯子），共三個音節。

- 有無促音，會影響單字的意思。

  例如：沒有促音的 ① 「かこ」[kako] 是「過去」的意思。

  有促音的 ① 「かっこ」[kakko] 是「括弧」的意思。

外來語促音練習

① キッチン [kicchin]（kitchen；廚房）
① クッキー [kukkii]（cookie；餅乾）
④ サンドイッチ [sandoicchi]（sandwich；三明治）
① ショック [shokku]（shock；衝擊）
② スイッチ [suicchi]（switch；開關）
② ストップ [sutoppu]（stop；停止）
① セット [setto]（set；整套、美髮）
① ソックス [sokkusu]（socks；短襪）
② チケット [chiketto]（ticket；票）
② トラック [torakku]（truck；卡車）
① ベッド [beddo]（bed；床）
② ポケット [poketto]（pocket；口袋）
④ ホットドッグ [hottodoggu]（hot dog；熱狗）
④ ポテトチップス [potetochippusu]（potato chips；洋芋片）
③ マッサージ [massaaji]（massage；按摩）
① ロボット [robotto]（robot；機器人）

■ （三）打招呼語和日常會話

▶ MP3-64

1. はじめまして。　　　　　　　　　　初次見面。

2. おはようございます。　　　　　　　早安。／早上好。

3. こんにちは。　　　　　　　　　　　你好。／午安。

4. こんばんは。　　　　　　　　　　　晚安。／晚上好。

5. おやすみなさい。　　　　　　　　　晚安。（也可晚上説再見時使用。）

6. 始_{はじ}めます。　　　　　　　　　　　　開始。

7. 終_おわります。　　　　　　　　　　　結束。

8. 休憩_{きゅうけい}します。　　　　　　　　　　休息。

9. すみません。　　　　　　　　　　　不好意思。／抱歉。

10. ありがとうございます。　　　　　　謝謝。

11. よろしくお願_{ねが}いします。　　　　　請多多指教。

12. 質問_{しつもん}があります。　　　　　　　我想問問題。

13. わかりました。　　　　　　　　　　我知道了。／我懂了。

14. わかりません。　　　　　　　　　　我不知道。／我不懂。

15. お元気_{げんき}ですか。　　　　　　　　你好嗎？

16. 今日_{きょう}は、暑_{あつ}いですね。　　　　今天很熱耶。

17.失礼します。　　　　　　　　　　打擾了。／先走了。

18.ようこそ、台湾へ。　　　　　　　歡迎來臺灣。

19.いらっしゃいませ。　　　　　　　歡迎光臨。

20.いってきます。　　　　　　　　　我出門了。

21.いってらっしゃい。　　　　　　　出門小心（慢走）。

22.ただいま。　　　　　　　　　　　我回來了。

23.おかえりなさい。　　　　　　　　歡迎回家。

24.いただきます。　　　　　　　　　開動了。

25.ごちそうさまでした。　　　　　　吃飽了。／謝謝請客。

26.さようなら。　　　　　　　　　　再見。

27.では、また（あした）。／じゃ、また（あした）。

　　　那麼，明天見。

28.お誕生日、おめでとうございます。　生日快樂。

29.もう一度、言ってください。　　　請你再說一次。

30.もっと、ゆっくり、言ってください。請再講慢一點。

31.風邪で、休みました。　　　　　　因為感冒請假了。

32.先生、サインをお願いします。　　老師，請簽名。

MEMO

國家圖書館出版品預行編目資料

日語發音全攻略 / 國立政治大學日本語文學系
日語教材編輯小組編著
-- 初版 -- 臺北市：瑞蘭國際, 2023.08
80面；19 x 26公分 -- （日語學習系列；74）
ISBN：978-626-7274-44-6（平裝）
1.CST：日語 2.CST：發音

日語學習系列 74

日語發音全攻略

編著｜國立政治大學日本語文學系　日語教材編輯小組
召集人｜鄭家瑜
監修｜王淑琴
作者｜許育惠、劉碧惠（依姓名筆劃順序）
協編｜李雩

責任編輯｜葉仲芸、王愿琦
校對｜葉仲芸、王愿琦、詹巧莉

日語錄音｜許育惠
錄音室｜純粹錄音後製有限公司
封面設計｜劉麗雪
版型設計、內文排版｜陳如琪
美術插畫｜吳晨華

瑞蘭國際出版

董事長｜張暖彗 · 社長兼總編輯｜王愿琦
編輯部
副總編輯｜葉仲芸 · 主編｜潘治婷
設計部主任｜陳如琪
業務部
經理｜楊米琪 · 主任｜林湲洵 · 組長｜張毓庭

出版社｜瑞蘭國際有限公司 · 地址｜台北市大安區安和路一段 104 號 7 樓之一
電話｜(02)2700-4625 · 傳真｜(02)2700-4622 · 訂購專線｜(02)2700-4625
劃撥帳號｜19914152 瑞蘭國際有限公司
瑞蘭國際網路書城｜www.genki-japan.com.tw

法律顧問｜海灣國際法律事務所　呂錦峯律師

總經銷｜聯合發行股份有限公司 · 電話｜(02)2917-8022、2917-8042
傳真｜(02)2915-6275、2915-7212 · 印刷｜科億印刷股份有限公司
出版日期｜2023 年 08 月初版 1 刷 · 定價｜220 元 · ISBN｜978-626-7274-44-6